やまだごんろく

けいさつで一番《いちばん》えらい、けいしそうかん。なんとジャム・パンに「どろぼうこうにんしょ」をあたえている。もちろん、そうりだいじんには、ひみつだ。おとぼけの名人《めいじん》。

ギンジロウ

のらネコ。マリリンに恋《こい》をしている。しかし、それがうまくいえなくて、いつもマリリンに、いじわるをする。男《おとこ》の子《こ》に、よくいるタイプ。作者《さくしゃ》もそうであった。ほんとかな？

大どろぼう ジャム・パン

かげのない町

内田麟太郎・作
藤本ともひこ・絵

大《おお》どろぼう　ジャム・パンは、じっと　耳《みみ》をかたむけつづけました。

でも、もう　その声《こえ》は　きこえてきませんでした。

「……た、す、け、て。」

少年《しょうねん》の　声《こえ》でした。

（どこから……。）

なおも　耳《みみ》を　かたむける、ジャム・パン。

そのひざでは、キジネコが　ぐっすり　ねむっていました。マリリンです。

いいえ、マリリンは、ジャム・パンの　ひざから
ころげおちました。

なにかが　いきなり　ドアを　あけ、とっしん
してきたからです。
「ジャムくん！」
こぶとりの　男《おとこ》が　さけびました。
「け、けいしそうかん！」
はじかれたように　ジャム・パンは　いすから
たちあがりました。
けいさつの　いちばん　えらい人《ひと》です。

「……じけん、です、か？」

「そのとおりだ。北《きた》にある町《まち》で　かげが　なくなっている。いや、ぬすまれている。」

けいしそうかんは、いっきに　しゃべりおわると、大《おお》きく　かたで　いきを　つきました。

「……かげ、が、ですか？」

ジャム・パンは、ききちがえたのかと　あたまをふりました。

宝石《ほうせき》や　大金《たいきん》ならともかく、かげを　ぬすんで
もうかるものでしょうか。
「そうだ。かげだ。光《ひかり》の　はんたいがわに　できる
かげだよ。」
けいしそうかんの　声《こえ》は、
海《うみ》の　そこから
ひびいてくるように
ひんやりしていました。

でも、たかが　かげを　ぬすまれたくらいで。

「だれが、なぜ、ぬすんだんです？」

「わからん。それでだが。」

けいしそうかんは、ぐいと　みを　のりだしました。

マリリンも　そろりと　なかまいりをします。

大《おお》どろぼうと　けいしそうかんは、大《だい》の　なかよし
でした。

それも、ジャム・パンは、けいしそうかん
こうにんの　大《おお》どろぼうとして。

こうにんというのは、「きみだけは、どろぼうを
しても　よろしい」と、みとめられている　という
ことです。
いうまでもなく、ふたりだけの　ひみつでしたけど。

どろぼう・こうにんしょ

一　ひとの　いのちも　ものも　どろぼうしては
いけない。

二　どろぼうからも　どろぼうしては　いけない。
あいぼうからも　かくれんぼうからも　いけない。

三　ただし　いのちを　すくうためなら、　いのちの
ほかは　なにを　ぬすんでも　よい。

大《おお》どろぼう　ジャム・パンどの
けいしそうかん　やまだごんろく

ジャム・パンは、じぶんの　かげを　見《み》つめながら、さらに　たずねました。

「けいしそうかん。人《ひと》が　かげを　ぬすまれると　どうなるんですか？　なにか　こまることでも　あるんですか？」

「いや、こまるどころか、しあわせになるようだ。町《まち》の　なまえは　『しあわせの町《まち》』と　いうそうだ。」

「しあわせの町《まち》。だったら　なにが　こまるんです。」

ICE

「人《ひと》が　しんでいる。」

「人《ひと》が、しんでいる！」

「そうだ。それも　つぎつぎに、だ。という
メールが、少年《しょうねん》から　とどいた。」

「少年《しょうねん》、から！」

ジャム・パンは、はっとなりました。

あの少年《しょうねん》に　ちがいありません。「……た、す、け、
て。」と　いったきり　きこえなくなった　声《こえ》の。

「そうだ。少年《しょうねん》は　いまも　どこかに　かくれて
いるはずだ。でも、もう　メールは　おくられて
こなくなった。たぶん　でんちが　きれたんだろう。
そこで。」
「わかりました。その　少年《しょうねん》を　さがすんですね。」
「そうだ。きみの　そのするどい耳《みみ》で。」

いつのころからでしょうか。ジャム・パンは
きこえてくるはずもない　声《こえ》が　きこえてくるように
なっていました。
どんな　とおいところからの　声《こえ》でも。
でも、それはなぜか、ジャム・パンには　わかり
ませんでした。ただ、その声《こえ》を　たどりながら、
人《ひと》だすけをするように　なっていました。
そんなことが　たびかさなり、けいしそうかんと
出会《であ》ったのです。

（少年《しょうねん》は、どこに　いるんだろう？）

もう　声《こえ》も　出《で》ないらしい　少年《しょうねん》をおもい、
ジャム・パンの　目《め》は　くもりました。

そんな　ジャム・パンに、けいしそうかんが
地図《ちず》を　ひろげました。

「さいごの　声《こえ》の　はっしんちは　ここだよ。」

「K町《ケーまち》ですね。」

「そうだ。」

「行《い》きましょう。少年《しょうねん》を　たすけに。」

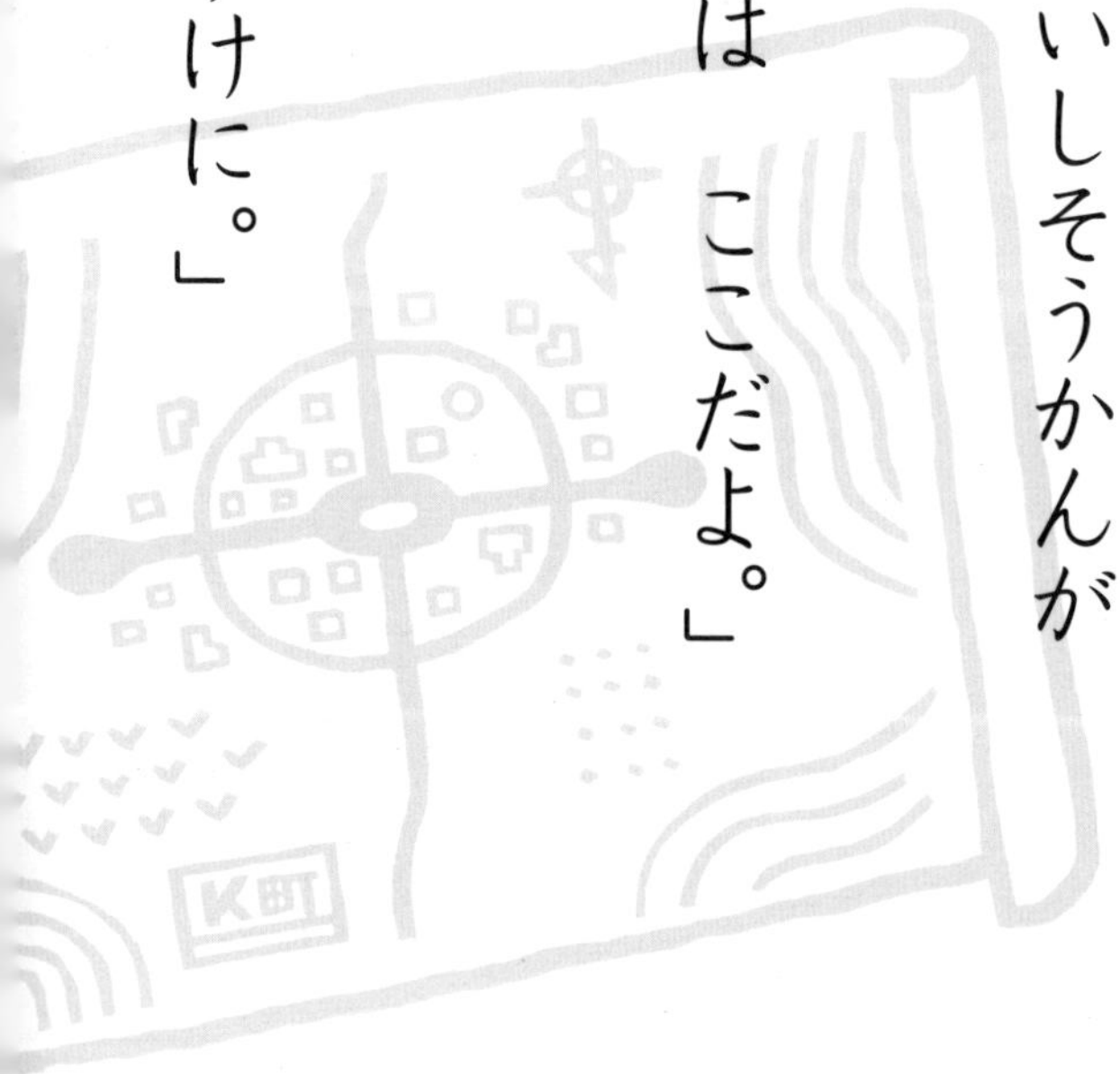

「ありがとう、ジャムくん。」
けいしそうかんは、ジャム・パンの　手《て》を、
りょう手《て》で　しっかりと　にぎりしめました。
「そう、こなくっちゃ。」
マリリンは、
ひらりと
ジャム・パンの
かたにのりました。

ジープに、とびのる　ジャム・パンと　マリリン。
ゆるりと　おのりになる　けいしそうかん。また
おふとりのようです。
そんな　三人《さんにん》を、へいの　うえから、のらネコの
ギンジロウが　見《み》ていました。
シャムネコです。
ギンジロウが、マリリンを　からかいました。
「じいさまと、ラブラブの　ドライブかい？」
「だまれ！　とうへんぼくの　うどのたいぼく。

これでも　しゃぶってろ！」
マリリンの　右手《みぎて》から、げんこつかりんとうが
とびました。
どさり。
ギンジロウが　じめんに　ころげおちました。

「やるねぇ、おじょうさん。」

けいしそうかんが、マリリンの　のどを
くすぐります。

「行《い》くぜ。みなのしゅう。」

ジャム・パンが、おもいっきり　エンジンを
ふかせました。

ぶおーん。

「ひ、ひくなっ！」

ギンジロウが、へいの　上《うえ》へ　かけのぼります。

「はははは。 バイバイ ぼうや。」
マリリンは、 ギンジロウに 手《て》を ふりました。

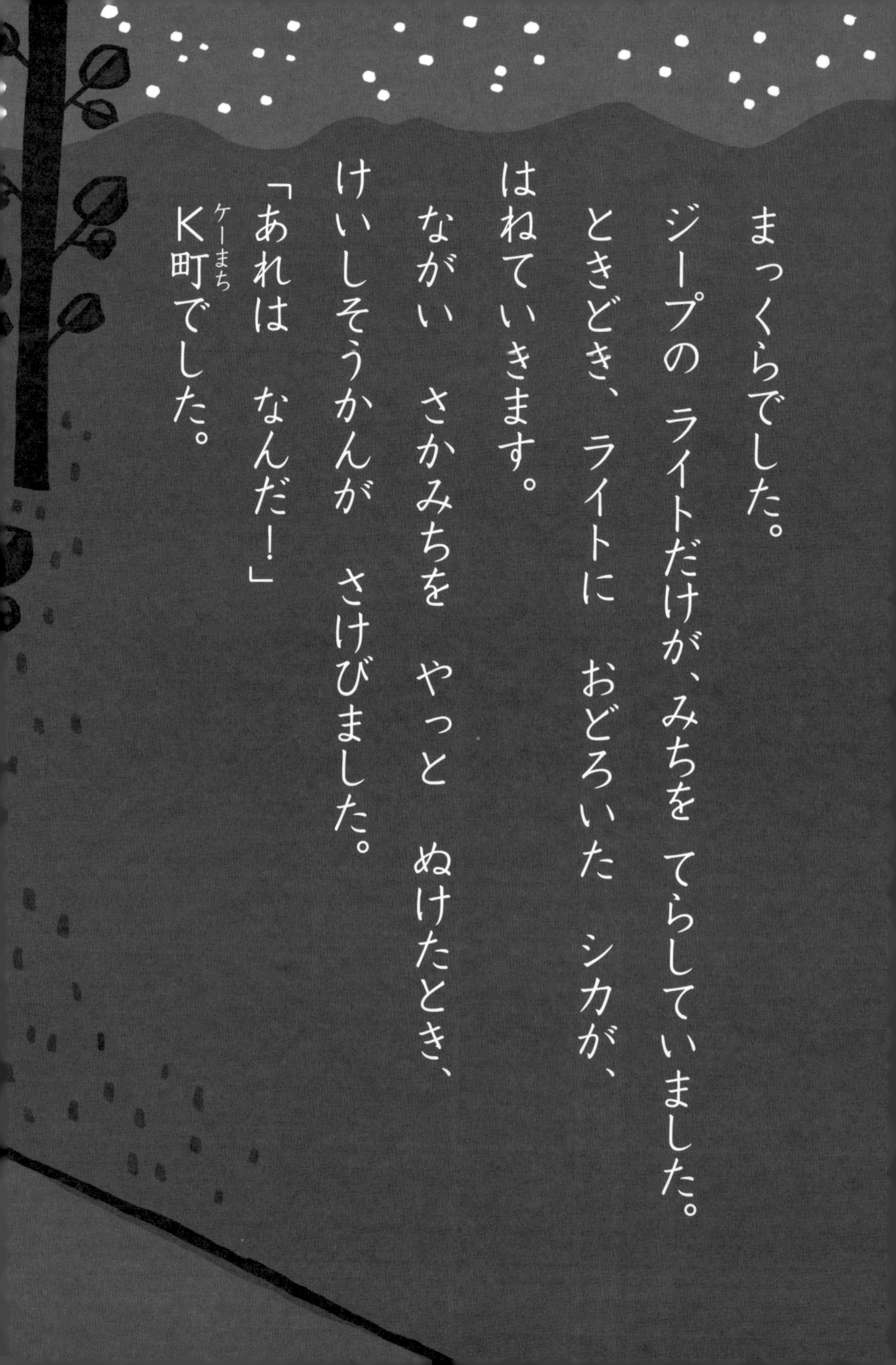

まっくらでした。
ジープの ライトだけが、みちを てらしていました。
ときどき、ライトに おどろいた シカが、
はねていきます。
ながい さかみちを やっと ぬけたとき、
けいしそうかんが さけびました。
「あれは なんだ！」
K町《ケーまち》でした。

山《やま》に　かこまれた町《まち》は、　くらやみの　そこに
ねむっているはずなのに、　まるで　まひるのように
光《ひか》っていました。

「ジャムくん。もっと　ちかくへ　行《い》ってみよう。」

ジープは、　スピードを　おとしながら、　町《まち》へ
おりて行《い》きました。

町《まち》の　いりぐちです。

ジャム・パンは、エンジンをきり、耳《みみ》をすましました。

人《ひと》びとの　ねいきの　かわりに、うたがきこえてきます。

たのしいうた　ばかりでした。

かなしいうたも　さびしいうたも、ひとつとしてきこえてきません。

（……なぜ？）

ぶきみでした。

これだけの　町《まち》なのに、さびしい人《ひと》が　ひとりも

いないなんて。

マリリンも、なにか　おそろしいものの

けはいをかんじ、けを　さかだてています。

「どうします、けいしそうかん。」

「しばらく　ここから　ようすを　見《み》ていよう。すぐに

町《まち》へ　はいって行《い》くのは　きけんすぎるようだ。」

「ええ　そうしましょう。」

町《まち》の　まぶしさに　ふたりの　目《め》が　なれてくると、人《ひと》の　すがたが　見《み》えてきました。

みちを　いきかう人《ひと》は、まるで　ホタルイカの　ように　オレンジいろに　光《ひか》りながら　あるいて　います。

それば　かりでは　ありません。どのかおも　どの　かおも　にこにこと　わらっていました。

「うーん。」
ふたりは　うでぐみしたまま、　まぶしい町《まち》を
見《み》つづけました。
「よるを　うばわれた　町《まち》か……。」
ジャム・パンが　おもわず　つぶやいたときでした。
いきなり　ほうそうが　はじまりました。
天《てん》から　ふってくるような　おごそかな声《こえ》です。

ようこそ
さびしさもありません
など ありません
しあわせ だけです
かがやいています
しあわせの 町へ

しあわせの町へ
この町にはかなしみも
もちろんくらいかげ
あるのは
すべてが光り
町もひともさあどうぞ

ほうそうが　おわると　どうじに、かんせいが
上《あ》がりました。
「しあわせになるぞー。」
「かなしみなんか　いらないぞー。」
どこに　かくれていたのでしょうか。
くらやみから　人《ひと》びとが　とびだしていきました。
車《くるま》も　つぎつぎと　町《まち》へ　はしっていきます。
いいえ、町《まち》へ　つっこんでいきました。

「あぶない！」
ジャム・パンも　けいしそうかんも、いっしょに
さけんでいました。
つっこんでいく　車《くるま》に、光《ひか》る　にんげんが、つぎ
つぎに　はねとばされていきます。
でも、ひめいは　ひとつも　きこえませんでした。
たおれたものに　かけよる人《ひと》も　いません
でした。

それどころか、たおれたものは　えがおのまま
いきたえていました。
（かなしみのない　町《まち》は……。）
ジャム・パンが、けいしそうかんを　ふりかえり
ました。
けいしそうかんが、つらそうに　かおを　ゆがめ
ました。
「かなしみを　かんじない　町《まち》だよ。」

そうです。かげのない　町《まち》は、人《ひと》の　かなしみも、
じぶんの　かなしみも、かんじない　町《まち》でした。
ただ、光《ひかり》だけが　ある町《まち》。
ただ、しあわせだけが　ある町《まち》。
そこで、人《ひと》びとは　わらいながら……。
「……そうかん。」
「そうだよ。これこそ　かんぜんはんざいだ。じぶんが
しんでいくことにも　きが　つかない。人《ひと》が
なくなっていくことにも　きが　つかない。」

「少年《しょうねん》は、これを 見《み》たんですね。」

「おそらく そうだろう。まぶしい光《ひかり》の
とどかない 小《ちい》さな あなから。」

「いまは？」

「わからん。」

ふたりは だまりこみました。

少年《しょうねん》を たすけたくても、町《まち》へ はいって
行《い》けなかったからです。

町《まち》へ はいったとたん、しあわせになり 少年《しょうねん》の
ことなど すっかり わすれてしまうでしょう。
（たった ひとりぼっちで……。）
マリリンの 目《め》から、なみだが あふれてきました。
それは ひとりぼっちの 少年《しょうねん》を おもいやる
なみだでした。
かなしいけれど たいせつな なみだです。
そのとき。

ジャム・パンの　耳《みみ》が　ぴくんと　うごきました。
かべを　たたく　音《おと》が　きこえてきました。
力《ちから》つきるまえの　さいごの　あいずのように、
よわよわしい　音《おと》でしたが。
「こ、こ、で、す。」
その音《おと》は、そういっていました。
「きこえたんだね。」
「はい。けいしそうかん。」
ジャム・パンは　うなずきました。

まなつの　たいようが、ぎらぎらと　てりつけて
いました。
山《やま》の　むこうには、にゅうどうぐもが　むくむくと
わいています。
「光《ひか》っているね。」
「光《ひか》っていますね。」
三人《さんにん》は、町《まち》を　みおろす　たかだいに　いました。
そこから　ながめる　町《まち》は、まぶしく　光《ひか》っている
だけで、どこにも　かげは　ありませんでした。

「これだけ　たいようが　てりつけているのに。」
「町《まち》の　光《ひかり》のほうが　つよいんでしょうか。」
「ざんねんだが。」
くちびるを　かむ、けいしそうかんの　足《あし》もとには、
まなつの　たいようが　こしらえた　かげが
くっきりと　できていました。
（少年《しょうねん》が……。）

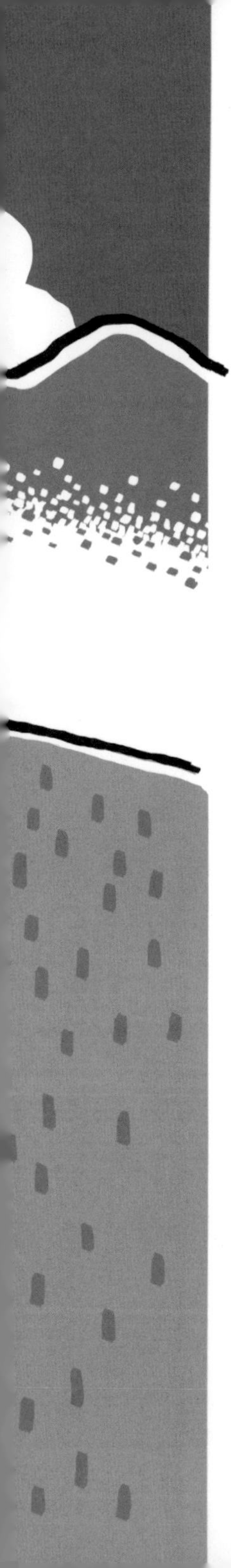

ジャム・パンは　空《そら》を　にらみつけました。
飛行機《ひこうき》が　とんでいます。
その　つばさが　キラリと　光《ひか》りました。

「けいしそうかん！」

ジャム・パンは、おもわず　けいしそうかんを
だきしめました。

「ど、どうしたんだい！　ジャ、ジャ、ジャムくん！」

けいしそうかんは　あとずさりました。
あまりの　くやしさに、ジャム・パンが　おかしく
なったと　おもったからです。

でも、マリリンには　わかりました。
ジャム・パンは　ひらめいたんです。

（だって、あたいと　ジャムは……。）

マリリンは、目《め》を　ほそめました。

バリ、バリ、バリ。
まっくろい　ヘリコプターから　黒《くろ》ずくめの
男《おとこ》たちが　おりてきました。
つづいて　きょだいな　凹面鏡《おうめんきょう》が。
けいしそうかんが　よびよせたのです。
「ひみつけいさつですか。」と　きくかわりに、ジャム・
パンは、けいしそうかんの　こしを　つつきました。
けいしそうかんは　しらんぷりです。
おわんの　かたちをした、きょだいな　凹面鏡《おうめんきょう》が、

町《まち》へ　むかって　すえつけられていきます。
カガミのように　ぴっかぴかです。

「ごくろうさん。」
「……。」
黒《くろ》ずくめの　男《おとこ》たちは、
だまったまま、ヘリコプターに
のりこんでいきました。
「では、はじめます。」
ジャム・パンは、手《て》もとの
ノートパソコンの　キーを
たたきはじめました。

キーが　たたかれるごとに、
凹面鏡《おうめんきょう》の　うちがわに　たいようの
光《ひかり》が　あつまってきます。
それは　たちまち　まぶしい
光《ひかり》の　ぼうになり、町《まち》を
てらしはじめました。
「おー。」
けいしそうかんは
おもわず　うめきました。

町《まち》の　むこうがわに　ぼんやりとした　かげが
見《み》えはじめたからです。いいえ、かげは、たちまち
くっきりしたものに　なっていきました。
大《おお》きな　町《まち》の　かげを　こしらえながら。
「たいようが、かったんだね。ジャムくん。」
「はい。そして　にんげんの　ちえが。」
いくら　まなつの　たいようでも　こしらえることが
できなかった　かげを、凹面鏡《おうめんきょう》は　こしらえて
くれました。

町《まち》から、なきさけぶ声《こえ》が　きこえてきました。
なくなったものを　だきしめ、なくなったものに
おおいかぶさり、人《ひと》びとは　ないていました。
人《ひと》の　かなしみが、じぶんの　かなしみになって。
それは　どれだけ　つづいていたでしょうか。
ちいさな　ありんこや　すなつぶにも、かげが
もどったとき、人《ひと》びとは　ゆめから　さめたように
なきやんでいました。
そればかりではありません。なくなっていた人《ひと》た

ちも　いのちを　ふきかえしていました。
ジャム・パンは　ゆっくりと　あるいていきました。
小《ちい》さな音《おと》が　きこえてきたほうへ。

けいしそうかんは、うまそうに　コーヒーを
のみながら、ジャム・パンに　たずねました。
「こんどは　なにを　ぬすんだのかね？
大《おお》どろぼうくん。」
「ぬすみはしませんが、ちょっとだけ　そうかんから
おかりしました。」
「ほほう、なにをかな？」
「人《ひと》の　かなしみを　いっしょに　かなしまれる
おこころです。黒《くろ》ずくめの　かたたちを　よんで

くださった。」
「黒《くろ》ずくめの。しらんなぁ。」
けいしそうかんは、ぷいと　てんじょうを
見《み》ました。てれているのでしょう。

ジャム・パンは、チョコボールを　なめおわると、
だれにともなく　つぶやきました。
「どうして　おれには　きこえない声《こえ》が　きこえるの
だろう。」
マリリンだけは、そのひみつを　しっていました。
（それは、あんただけが　わたしの　かなしみを。）

LOVE
55
ROUTE

そこまで、こころに　つぶやき、マリリンは、
へいの上《うえ》に　むかって　どなりました。

「この　すっとこどっこい　やろう!」

シャムネコが、足《あし》を　すべらせ　おちてきます。

ギンジロウです。

DA MOTORS
KISS
ともだちや
CAR
246
ROUTE

内田麟太郎（うちだ・りんたろう）　**作者**

1941年福岡県大牟田市に生まれる。詩人、絵詞（えことば）作家。『さかさまライオン』（童心社）で絵本にっぽん賞、『うそつきのつき』（文溪堂）で小学館児童出版文化賞、『がたごとがたごと』（童心社）、『すやすやタヌキがねていたら』『ともだちできたよ』（ともに文研出版）で日本絵本賞、『ぼくたちはなく』（ＰＨＰ研究所）で三越左千夫少年詩賞を受賞。ほかに、「おれたちともだち」シリーズ（偕成社）、「ねこの手かします」シリーズ（文研出版）など多数ある。

藤本ともひこ（ふじもと・ともひこ）　**画家**

1961年東京に生まれる。絵本作家。作詞家。1991年講談社絵本新人賞。
絵本に「いただきバス」シリーズ（すずき出版）、『ねこ ときどきらいおん』『バナーナ！』『おおきくなったら きみはなんになる？』（ともに講談社）、『おばきゃー！』（世界文化社）など多数。Ｅテレ「いないいないばあっ！」のバケッパ人形劇の原作・キャラクターデザインや、「にこにこんぱ！」の作詞など。

まちがいさがしのこたえ

わくわくえどうわ　2018年11月30日　第1刷

大どろぼう　ジャム・パン　かげのない町

作　者　内田麟太郎　NDC913　A5判　80P　22cm

画　家　藤本ともひこ　ISBN978-4-580-82370-9

発行者　佐藤諭史

発行所　**文研出版**　〒113-0023 東京都文京区向丘2－3－10　☎(03)3814-6277
〒543-0052 大阪市天王寺区大道4－3－25 ☎(06)6779-1531
http://www.shinko-keirin.co.jp/

印刷所　株式会社太洋社　製本所　株式会社太洋社

とくてんえいぞう

NG《エヌジー》シーン

あれ？なんか
ちがうぞ！